Mord unter dem Polareis

Hayden Howard

Writat

Diese Ausgabe erschien im Jahr 2024

ISBN: 9789359941912

Herausgegeben von
Writat
E-Mail: info@writat.com

MORD UNTER DEM POLAREN EIS

Von HAYDEN HOWARD

*Das Arktische Meer war in jeder Hinsicht tödlich
– sein eisiges Wasser, sein zermalmendes Eis, seine gefräßigen
Bestien. Und doch gab es etwas, das
tödlicher war als diese!*

Zigarettenrauchschwaden trieben über die bequem sitzenden Mannschaften im klimatisierten Abteil des U-Boots mit ballistischen Raketen, während sie Barney beobachteten. Schweiß strömte von seiner mit geschwollenen Adern übersäten Stirn, hastig und grotesk in seinem schwarzen Gummitauchanzug, triumphierende Flüche wie Unterwassersprengladungen ausstoßend, spannte Barney die Steuerkabel von etwas, das einem Torpedo mit zwei offenen Cockpits ähnelte. „ *Diesmal* hebt das kleine Mädchen ihre Tragflächen!"

Angesichts dieses Männerkontrasts musste der Mörder grinsen, aber vorsichtig, um nicht zu schwitzen und die isolierenden Eigenschaften seiner dreilagigen Wollunterwäsche zu ruinieren . Die U-Bootfahrer schienen leise zu sprechen und kooperativ zu sein, so ausgeglichen wie Sardinen in einer Dose. Der Taucher, Barney, war vulgär und extrem individualistisch, ein wunderbarer Kerl – sein Tauchkumpel.

Barney war schon zu Lebzeiten eine Legende und soll zur Zeit der Landung in Wonsan und Inchon aus den verminten Gewässern der koreanischen Küste aufgetaucht sein, um General MacArthur Ratschläge zu erteilen.

Als Taucher des Underwater Demolition Team kannte Barney die Kindheitserinnerungen des Mörders aus dem Zweiten Weltkrieg mit Namen wie Kwajalein und Guam, wo ehemalige Seabees als Kampftaucher japanische Unterwasserhindernisse verkabelten und sprengten und Willkommensschilder für die Marines hinterließen.

Barney war nur über zwei Dinge schweigsam: sein Alter und seinen Umfang. Er hielt sich immer noch für einen Baseball-Fänger, und seine Stummelfinger zeigten die schädlichen Auswirkungen, wenn man mit bloßer Hand nach Foul-Tipps griff, aber dieselben Finger könnten fachmännisch eine Armbanduhr und das Automatikgetriebe eines Admiralsautos reparieren und das eine verpfänden und das andere „ausleihen".

Barney hatte es geschafft, seiner unscheinbaren jüngeren Schwester das College zu finanzieren, und plante nun, sie mit einem Lieutenant Commander aus dem Stab von Admiral Rickover zu verheiraten. Und er konnte seinem Tauchkumpel mit Witzen die Ängste nehmen.

Barney zwinkerte seinem wohlig rauchigen Publikum zu, warf einen Sack mit nicht magnetischen Werkzeugen in das vordere Cockpit des Mini-U-Boots, das er persönlich gebaut hatte, und legte den Kopf schief.

„Der Mörder hier hofft, dass der Bösewicht eine Seeschlange ist. Lacht nicht, ihr Seepferdchen. Der neueste Scuttlebutt aus Alaska besagt, dass jedes Mal, wenn eine Streikpostenboje hier draußen unter dem Eis tot ist, das letzte Geräusch, das sie aussendet, zu hören ist eine Art Zahnknirschen.

Er trieb den Witz noch etwas weiter. „Drehen Sie Ihre Periskope auf die Klinge, die der Mörder trägt! John Paul Jones hat diese früher als Entermesser ausgegeben! Der Mörder hofft, Hand in Hand gegen die Seeschlange zu kämpfen."

Mit einem vor Verlegenheit breiteren Grinsen fühlte sich der Mörder zu einer Erwiderung aufgefordert. „Ich nenne Ihnen einen besseren Verdächtigen für den Diebstahl unserer Bojen: den Weihnachtsmann. Das sind seine Hoheitsgewässer. Wussten Sie, dass der Weihnachtsmann im Mittelalter der Schutzpatron der Diebe war?"

„Nun, Mr. College Boy", begann Barney, „Sie wollen uns nur zeigen, dass Sie auch Geschichte studiert haben, nicht nur Meeresbiologie." Dieser Junge wird Ihnen sogar einen langen lateinischen Namen für etwas nennen, das wie Schuppen im Wasser schwimmt ." In Barneys Stimme lag ein Anflug von Stolz. „Er kann Ihnen seine ganze Lebensgeschichte erzählen und erzählen, was es isst und warum es wichtig ist und warum es in fünfzig Jahren noch viel wichtiger sein wird, wenn *Ihre* Kinder viel mehr Nahrung aus dem Meer brauchen werden."

Es gab eine spürbare Verlangsamung und das seltsame Geräusch aus dem Wärmetauscher des Atom-U-Bootes wurde gedämpft. Barney warf einen Blick auf seine druckfeste Uhr. Der Mörder war angespannt.

„Dieser College-Junge sieht vielleicht aus wie ein Tennisspieler", fuhr Barney fort, als wäre nichts passiert, „aber wenn der Mörder im Wasser etwas dort unten schwimmen sieht, ist es ihm egal, wie groß es ist. Wir haben die Übertragung installiert." Ich schaue von einer Boje aus der Luft durchs Eis, und Murderer hat gerade die Magnesium-Fackelstange eingefahren . Ich sehe etwas so Großes, dass ich mit dem Fahrrad raus will schwimmt mit der Magnesiumfackel in der einen und seinem Entermesser in der anderen. Es ist ein Hai, so groß wie ein kleiner Wal, und sie drehen sich immer weiter, während der Mörder wegsticht und Meerwasser hereinlässt, bis dieser Hai Käfer raus wie ein Junge mit nacktem Hintern aus einem Hummelschwarm!"

Der Mörder studierte seinen Tiefenmesser, um seine Verlegenheit zu verbergen. Der Grund dafür, dass der Hai so groß war, war, dass er zu einer Art mit der walähnlichen Angewohnheit gehörte, das Wasser nach winzigen Krebstieren zu durchsuchen. Es war harmlos und hatte schon beim ersten Stoß gezuckt. Dann hatte sich seine zottelige Haut auf Panzerungsfestigkeit gespannt, und es war wie der Versuch, ein U-Boot zu erstechen. Es ging, weil es keinen Grund hatte zu bleiben.

„Ich bin *erleichtert* ", lachte einer der U-Bootfahrer, „dieser stechende *Fisch* hat ihm den Namen Mörder eingebracht."

„Nicht nur Fische", fuhr Barney enthusiastisch fort. „Dieser Junge wäre fast vor ein Kriegsgericht gekommen. Wir arbeiten vom Eisbrecher aus, von Point Barrow aus, tauchen von einem Walfangboot aus, und bevor der Fähnrich von Annapolis ein Wort sagen kann, ist Murderer über Bord. Wir tauchen unsere Visiere ins Wasser. Er stürzt sich auf ein Walross! Ich schwöre, er reitet darauf wie ein bockendes Pferd. In der Arktis braucht man eine lange Klinge. Und hässlich – als wir vom Eisbrecher aus ein Kabel zu diesem Walross gebogen haben, hat das Walross die Winde blockiert!"

„Was ist mit Stoßzähnen?", fragte die Stimme eines U-Bootfahrers.

Der Mörder kannte Stoßzähne sehr gut. Drei Tage lang hatte er die Walrossherde fasziniert beobachtet. Diese lärmenden Säugetiere mit ihren starren Augen lebten in eiskaltem Wasser, das einen Menschen innerhalb weniger Minuten betäuben und töten konnte.

Einige von ihnen tauchten zu Muschelbetten in mehr als 60 Metern Tiefe, wo ihre Körper einem Druck von mehr als acht Atmosphären ausgesetzt waren. In flacherem Wasser, wo Herzmuscheln vorherrschen, hatte er tatsächlich beobachtet, wie sie mit ihren Stoßzähnen den schlammigen Boden abkratzten und mit großen, zerfallenden Schlamm- und Muschelmassen zwischen ihren Flossen aufstiegen. Nur wenige Männer hatten das jemals gesehen.

Er staunte über den Evolutionsprozess, durch den aus einem primitiven Landsäugetier des Eozäns das Walross geworden war.

Warum er hinuntergeschwommen war und ein Walross angegriffen hatte, wusste er nicht. Hinterher schämte er sich, nicht nur, weil es eine Dummheit war und er drei Rippen gebrochen hatte und getötet werden sollte; nicht, weil es eine Angeberei war und die Matrosen ihn drängten, sich vor den hochgezogenen Körper zu stellen, damit sie Fotos für ihre Freundinnen machen konnten ; nicht, weil Barney ein paar Tage lang seinen Appetit verloren hatte und nicht sehr erpicht darauf schien, in die Nähe der Herde zu tauchen. Was ihn störte, war das unbeschreibliche Gefühl, das er hatte, als er mit seinem Messer zum Walross hinunterschwamm, ein Gefühl, das näher war als der Hunger …

„Wenn wir zurück sind, zeige ich dir die Fotos", beharrte Barney stolz. „Als sie mir diesen Jungen als Tauchpartner zugeteilt haben, haben sie seinen Namen mitgeschickt: Mörder. Wenn es schwimmt. Mörder wird hinter ihm her untergehen, haben sie gesagt. Und sie haben nicht gelogen."

Aber der Name ist *nicht* so entstanden. Während er im treibenden Zigarettenrauch saß und spürte, wie der Schweiß seine Unterhose durchweichte , wünschte sich der U-Boot-Kommandant, er würde sich beeilen, eine Position festzulegen, sie aus dem Boot zu lassen und die Sache hinter sich zu bringen.

Wahrscheinlich glaubten inzwischen sogar die Jungs, die mit ihm am UDT-Training teilnahmen, dass er seinen Namen durch das Töten von Fischen bekommen hatte.

Sie gaben ihm den Namen, aber es war während einer Orientierungsveranstaltung mit Diagrammen und Grafiken und Gesprächen über Megatonnen und stromgetragene Radioaktivität und einem Modell einer atomaren Wasserbombe auf dem Tisch. Ein ungläubiger Ekel überkam ihn, diese sinnlos mechanische Todesbüchse, die vergiften und zwei Milliarden mühevolle Lebensjahre *nutzlos machen konnte, alles verschwendet, einzellige Vorfahren, Kieselalgen, Ruderfußkrebse, wundersame Fische.*

Während der Diskussion rief er immer wieder: „Das ist *Mord*! Das ist *Mord*!" So kam er zu seinem Namen.

„Hey, Mörder", lachte einer der U-Bootfahrer. „Du solltest dem Kapitän ein Seeschlangensteak abschneiden. Ich wette, er würde sich darauf freuen."

„Apropos Mörder", platzte der Mörder heraus, dem der Name plötzlich zuwider war, und hob sein adrettes, wütend intelligentes Gesicht, wobei seine Unterhose mit wütendem Schweiß überflutet wurde, „Sie alle sind potentielle Mörder – im großen Stil. Sagen wir mal, zehntausend Opfer pro Person. Ich töte ein paar Fische, also bin ich ein Mörder? Aber Sie alle sind Zahnräder und Rädchen eines Mordmechanismus für Massenproduktion, der sich U-Boot mit ballistischen Raketen der Flotte nennt. Eine unpersönliche Maschine, die –"

„Nicht unpersönlich", sagte die Stimme des Kommandanten deutlich, als er das Abteil betrat. „Dieses Boot ist nur ein weiteres Überlebenswerkzeug – wie ein Schild oder ein Speer. Männer treffen die Entscheidungen dafür."

Um die Spannung zu lösen, sagte Barney: „Sollten wir Ihnen Eiswürfel bringen, Commander?"

Die grauen Augen des Kommandanten musterten Barneys rot geäderte Augen. „Kommt einfach zurück, Barney. Damit geben wir uns zufrieden." Er berührte das Mini-U-Boot. „Ich kann nur sagen, dass wir uns *vermutlich* in dem Sektor befinden, in dem die Bojen kurzgeschlossen waren. Die Mittel für hydrografische Vermessungen im Arktischen Ozean sind so gering, dass wir selbst in diesem Sektor kein klares Bild der Echolot-Orientierungspunkte haben. Der Navigator hat sich also ziemlich stark auf seine Koppelnavigation und Trägheitsnavigation verlassen. Worauf ich hinaus will, ist, dass Sie nicht zu viel Zeit mit der Suche verbringen sollten. Verwenden Sie konservative Suchmuster. Lassen Sie sich genügend Spielraum, um den Weg nach Hause zu uns zu finden. Wir werden unser Bestes tun, um diese Position zu halten."

Langsam lächelte der Kommandant. „Wir halten den Kaffee warm, bis Sie zurückkommen."

Der Mörder sah zu, wie sie das Mini-U-Boot auf seiner Halterung in die Kammer rollten. Vom Heck aus sah das Mini-U-Boot weniger wie ein Torpedo aus. Anstelle der kompakten runden Propellerblätter, die mit hohen Geschwindigkeiten unter Wasser einhergehen, hatte das Mini-U-Boot lange, schmale Blätter, die vielleicht besser zu einem Flugzeug eines Wright Brothers gepasst hätten. Diese würden sich so langsam durch das Wasser entfalten, dass es keine Kavitation und keine verräterischen Blubbergeräusche gäbe.

„Eine letzte Sache", sagte der Kommandant und schloss den Mörder in seinen grauen Blick ein. „Keine aggressiven Handlungen. Wenn Sie jemanden treffen sollten, brechen Sie den Kontakt in würdevoller Weise ab und kommen Sie nach Hause."

Seltsamerweise lächelte der Kommandant erneut und warf einen Blick auf seine Uhr. „Im Moment erwachen meine beiden Kinder aus ihrem Mittagsschlaf und rennen in Unterhosen in den Hinterhof, um auf der Schaukel zu schaukeln. Keine aggressiven Aktionen, okay?"

Der Mörder war dankbar, dass er nicht der Kommandant war und nicht die Verantwortung für sechzehn Polaris-Raketen mit Wasserstoffsprengköpfen auf seinen Schultern trug.

Beschwert durch seine Lufttanks kroch der Mörder in die Kammer neben dem Mini-U-Boot und griff ins Cockpit am Heck. Er rollte ein paar Meter des roten Kabels ab und steckte es in die Brustbuchse seines elektrischen Anzugwärmers. Ohne die Batteriewärme des Mini-U-Boots konnte man dort draußen nicht sehr lange suchen.

Er überprüfte automatisch seine Vollmaske, schloss das schwarze Kabel an und testete sein Kehlkopfmikrofon und den Ohrstöpselkreis. „Eins – zwei – drei –"

„Vier – mach die Tür zu", krächzte Barneys Stimme seltsam. Für komplizierte Zwei-Mann -Demontagen unter Wasser reichten die herkömmlichen Handzeichen nicht aus. Das Mini-U-Boot fungierte als Telefonzentrale.

Barney wandte sich vom Mini-U-Boot ab, steckte den Telefonanschluss in die Wand der Kammer und gab ihnen Bescheid. Aus der Art und Weise, wie das Eismeer mit einem Feuerwehrschlauch in die Kammer strömte, schloss der Mörder, dass sie mindestens dreißig Meter unter Wasser standen. Dieser Kapitän hatte nicht die Absicht, seine Periskope auf Packeis zu zerschmettern.

Der Mörder grinste ironisch, während das Wasser an seinem Körper hochkroch. Er wusste, dass der limitierende Faktor bei ihrer Suche nach einer Boje, egal welcher Boje, die Überlebenszeit in ihren Lufttanks war. Und das Mini-U-Boot war in der Lage, ihre Leichen danach noch mehrere Stunden warm zu halten. Mit seinem Gyroskop, das effizient Befehle an das Ruder gab, würde es einen geraderen Kurs halten, als es ein Mensch könnte. Wenn es nur Fische fressen und sich fortpflanzen könnte …

Die Wasserlinie erhob sich über seine gläserne Frontplatte. An den gewölbten Decken der Kammer schrumpfte die Luft zu einer sich windenden Blase. Der Druck war ausgeglichen. Es gab ein kaltes metallisches Kreischen, als Barney die äußere Luke zum Arktischen Ozean öffnete.

Der Mörder ließ einen weiteren Zischstoß Druckluft in den vorderen Schwimmtank des Mini-U-Boots strömen, drückte es leicht an und fuhr hinaus, wobei seine Hand nun auf dem Luftablassventil lag, um zu verhindern, dass das immer schwimmfähiger werdende Mini-U-Boot nach oben gegen die weiß schimmernde Unterseite des Mini-U-Boots fiel der Eisbeutel.

„Hier oben gibt es eine verdammt starke Strömung", krächzte Barneys Stimme.

Der Mörder blickte nach unten, und sein freier Arm umklammerte das Cockpit in einem anthropoiden Angstreflex vor dem Sturz. Das Wasser war so klar. Dort unten schien das U-Boot wie ein großes Luftschiff im Wind davonzutreiben, aber der Mörder wusste, dass das Mini-U-Boot tatsächlich trieb.

„Tüfteln Sie sorgfältig an Ihrem Gyroskop, Mr. Navigator", lachte Barney, „und wir machen uns auf die Suche nach Ihrer Seeschlange."

Er gab Barney einen direkten Kurs in die Strömung. Der Mörder hatte Albträume davon, unter dem arktischen Eisschild verloren zu gehen.

„Behalten Sie das Eis im Auge", murmelte Barney, aber der Mörder behielt die Instrumente im Auge und gab Barney eine Kursänderung von einhundertachtzig Grad, um die Geschwindigkeit der Strömung zu bestimmen.

„Ein Weg ist so gut wie der andere", lachte Barney.

Leider musste dies eine visuelle Suche sein. Die Zeichenbrettjungen hatten die Streikpostenbojen so entworfen, dass sie *nicht* entdeckt werden konnten, und sie mit Bedacht so gestaltet, dass sie sich für den Fall, dass sie entdeckt würden, selbst zerstörten. Wenn irgendwo in der Nähe, würde ein U-Boot registriert werden, und das Untereis-Warnsystem hätte tatsächlich gegen ihre eigenen U-Boote gewirkt. Aber die Bojen der Streikposten in diesem Sektor waren eine nach der anderen erloschen, ohne dass ein Warnton zu hören war, außer, wie Scuttlebutt es ausdrückte, einem lauten Knirschen.

„Dieses Packeis hat sich verändert", murmelte Barneys Stimme.

Barney und der Mörder waren eines der Tauchteams dort draußen, als ein U-Boot die Bojen unter dem Polareis auswarf. Eine Boje würde aus einem Torpedorohr spritzen. Als der nichtmagnetische Schwimmer auf die Unterseite des Eises traf, klammerten sich Metallstäbe nach oben wie die Beine einer Spinne, die sich am Eis festklammerten. Ein fadenförmiges Kabel senkte die winzige Instrumentenkapsel in die Tiefe. Die geringe Größe der Kapsel sollte das typische Sonar zur Minenerkennung vereiteln, während der Schwimmkörper mit den Unregelmäßigkeiten der Schallreflexion auf der Unterseite des Eises verschmelzen sollte. Ein Admiral hatte sogar befohlen, die Schwimmer weiß zu streichen, aber sie blockierten immer noch das Licht und wirkten unter dem Eis dunkel.

Nachdem die Taucher schnell ein Loch durch zwei oder drei Fuß Packeis geschmolzen und die peitschenartige Antenne in die Polarluft gesteckt hatten, konnte das Hauptquartier die Position der treibenden Boje verfolgen. In regelmäßigen Abständen, während der geheimen Anzahl von Jahren, die die Batterien halten sollten, sendete jede Boje ihren eigenen Identifikationscode und gab nur dann eine Warnung vor hoher Wattzahl ab, wenn ihre Instrumentenkapsel in den Tiefen des Arktischen Ozeans geweckt wurde. Der Witz dabei, dachte der Mörder, war, dass die Antennen zwar schwer zu sehen waren, aber jeder einfache Narr konnte sich selbst zu einem Funkortungsgerät machen. *Lebende* Bojen konnten vom Oberflächeneis aus gejagt werden.

„Wie trocken ich bin", krächzte Barneys Stimme unmusikalisch, „wie trocken ich bin, weiß niemand – niemanden interessiert es –"

Jetzt war die weiße Unterseite des Eises in Wölbungen nach unten geneigt, was auf dickere Massen alten Eises hindeutete, die in das Packeis eingefroren waren. Der Mörder sah die grauen Umrisse von Treibholz, das in diesem alten Eis eingeschlossen war.

„Treibeis von den sibirischen Flüssen", krächzte Barney. „Als wir die Pfahlbojen platzierten, gab es in unserem Sektor nichts davon."

Der Mörder blickte auf seine Instrumente hinunter und bereitete sich auf einen Kurswechsel vor.

„Mein Gott, schau mal!", krächzte Barneys Stimme und sein schwarzer Gummiarm zeigte nach oben.

Der Mörder hielt inne, als er dort oben etwas zittern hörte. „Was ist das?"

„Tierisch, pflanzlich oder mineralisch", keuchte Barney. „Wenn es ein Tier ist, möchte ich nicht dabei sein, wenn das, was diese *Eier gelegt hat* , zurückkommt."

Es schwankte dort oben auf der Unterseite des Eises in einer gallertartigen Masse von mindestens sechs Metern Durchmesser und ähnelte einer Masse riesiger Froscheier.

Aber der Mörder kam zu dem Schluss, dass die Größenunterschiede zu groß waren, als dass es sich um Eier handeln könnte. Die Eier, die am Rand der Masse lagen, schienen klarer und durchsichtiger als die sie umgebende gallertartige Substanz. Die Aufregung des Mörders begann zu schwinden.

„Das sind keine Eier", sagte er enttäuscht. „Ich glaube, das sind nur Blasen, die in einer Art weichem Plastik eingeschlossen sind."

„Mineral", sagte Barney mit einer gewissen Erleichterung in der Stimme. „Jetzt sehe ich, dass der dunkle Teil in der Mitte die Form einer Dose hat. Die Blasen müssen eine Mine oder einen geheimen Mechanismus zum Schwimmen bringen", endete seine Stimme aufgeregt. Barney wollte nichts mit lebenden Dingen zu tun haben; er mochte mechanische Geräte, die klickten und summten und auseinandergenommen und dann wieder zusammengesetzt werden konnten.

Er steuerte das Mini-U-Boot auf die gallertartige Masse zu.

„Bringen Sie das Mini-U-Boot nicht zu nahe", keuchte der Mörder und stellte sich ein mechanisches Klicken vor, als die unpersönlichen Geräte in der Dose ihre Annäherung bemerkten und die leblosen Stahlzinken eines Zünders spannten.

Barney lachte im Gegensatz dazu aufgeregt. „Sogar unsere Lufttanks sind nicht magnetisch. Oder wenn es hydrophonisch ist , müsste der Geräuschpegel, um es auszulösen, wegen all der knirschenden Geräusche, die jeden Tag im Eis zu hören sind, ziemlich hoch sein. Ich werde herausfinden, was das ist." Ist."

Barney erhob sich aus seinem Cockpit und zog seine grün befleckte Segeltuchtasche mit nichtmagnetischen Werkzeugen hinter sich her.

„Du wirst doch nicht da hineinschneiden, oder?" schrie der Mörder.

„Dafür bezahlen mich die Steuerzahler – um sie vor allem zu schützen. Mörder, du segelst mit dem Mini-U-Boot los, bis mein Telefonkabel komplett raus ist. Genau wie damals, als wir das Entschärfen unserer Wachbojen geübt haben, werde ich dir jede Bewegung mitteilen, die ich mache."

„Wenn es eine Mine ist", sagte der Mörder, „werde ich genauso plattgemacht wie Sie."

„Machen Sie sich Notizen auf Ihrem Navigationsblock. Ich fange mit einem kleinen experimentellen Schnitt in die Wackelpuddingmasse an . Wir können nicht einfach losgehen und das Ding zurücklassen, wir würden es nie wieder finden. Und es wäre nicht gerade schlau, es zu unserem U-Boot zu schleppen, bis wir wissen, wozu sein Inneres dient."

Barneys schwarzer Gummiarm bewegte sich kräftig auf und ab. „Diese Wackelpudding ist härter, als sie aussieht. Sehr genial. Ich wette, das war ein kompaktes kleines Bündel, als ein U-Boot es ins Wasser warf. Wahrscheinlich lässt es Meerwasser anschwellen – und Chemikalien sprudeln im Inneren, so dass die Blasen entstehen und die Dose schweben lässt." bis zur Unterseite des Eises.

„Das ist wichtig", krächzte Barneys Stimme weiter. „Ich bin auf ein paar dünne, glänzende Drähte gestoßen. Sie scheinen sich durch die ganze Wackelpuddingform zu erstrecken und sich wieder in Richtung der Dose zu krümmen."

Der Mörder ballte seine Hand. Er konnte die Sehnen spüren und sich die wunderbar komplizierten Nerven seiner lebenden Hand vorstellen. Er hatte schon viele Male unter dem Meer Angst gehabt. Gelegentlich unterhielten sich Taucher darüber, in welche Richtung sie lieber gehen würden. Bei starken Trinkern war die Stickstoffnarkose beliebt. Barneys Wahl – eine schöne Minenexplosion in unmittelbarer Nähe, weil sie so schnell erfolgen würde. Sie hielten den Mörder für verrückt, als er sagte, er würde lieber von einem Weißen Hai gefressen werden, als von irgendeinem elenden Sprengsatz zerschmettert zu werden.

„Jetzt spreize ich zwei Drähte auseinander", sagte Barney ruhig, „aber ich habe um jeden von ihnen eine Schicht Gelatine hinterlassen. Ich werde die Drähte nicht durchschneiden und ich werde versuchen, sie nicht einander berühren zu lassen."

Allmählich verschwanden sein Kopf und seine Schultern in der gallertartigen Masse.

„Hängen Sie Ihre Flaschen oder Ihren Atemregler nicht an einem Kabel fest", hauchte der Mörder.

„Jetzt schneide ich bis auf wenige Zentimeter an den Dosenboden heran." Nur Barneys strampelnde Beine waren zu sehen. „Meine Luft füllt den Schnitt – und ich werde – einen – Schornstein öffnen." An der Seite der schwankenden Masse traten Blasen auf.

„Angenommen, dieses Ding ist atomar", sagte der Mörder. „Es würde unser ballistisches Raketen-U-Boot von hier aus zerstören."

„Das ist Friedenszeit, Junge. Niemand ist dumm genug, eine Atommine mit dem Eis herumtreiben zu lassen."

Der Mörder blickte auf die harte Metallhülle des Mini-U-Boots hinab. Man könnte es sprengen und zertrümmern, und es wäre immer noch Metall. Man könnte es sogar verdampfen, und seine Atompartikel wären irgendwo – oder in Energie umgewandelt –, aber nichts wäre wirklich verloren, denn es war nie lebendig gewesen. Der Mörder dachte an die beiden Kinder des Kommandanten, die aus ihrem Mittagsschlaf erwachten. Das Leben hatte zwei Milliarden Jahre gebraucht, um so weit zu kommen, und alles könnte verloren sein. Beging Barney gerade jetzt *aggressive* Handlungen?

Er dachte wieder an den Einführungskurs, in dem sie theoretisch lernten, wie man eine nicht explodierte atomare Wasserbombe entschärft. Er hatte seine Meinung geäußert, dass diese Atombomben *Mord wären* . Die Narren hatten gelacht und angefangen, ihn Mörder zu nennen.

„Der Boden dieser Dose ist so leer", sagte Barney, „wie ein Seemann in einem dieser Museen für moderne Kunst. Ich werde mich an der Seite der Dose entlangschneiden und sehen, was ich sehen kann."

Ein kleiner Fisch, vielleicht aus seinem Schwarm verschwunden, spähte in die Glasscheibe des Mörders. Sein wundersames Auge wurde neugierig größer, und er dachte an die Millionen kooperierender Zellen, aus denen sein Auge, sein Sehnerv und sein Empfangshirn bestanden, und an das Wunder, dass die einzeln wandernden Zellen vor zwei Milliarden Jahren dies erreicht haben konnten.

Es gab einen Widerspruch, dachte er. Er war erstaunt über das Leben und doch spießte er Fische auf. Hat er es genossen, das Leben an der Spitze seines Speers zu spüren?

„Ich habe den Gipfel erreicht", krächzte Barneys Stimme. „Hier ist eine Stange – nimm das, eine vertikale Stange. Sie reicht bis ins Eis, wie die Antennen unserer Wachbojen. Ich wusste, dass es keine Mine war. So wollen sie unsere Atom-U-Boote aufspüren. Das wird ein sehr interessantes Geschenk für Admiral Rickover –“

In diesem Augenblick ertönte ein dunkler Schlag gegen die Maske des Mörders. Seine Trommelfelle platzten nach innen. Seine Eingeweide zogen sich durch die Wucht der Unterwasserexplosion in seine Brust. Er verlor das Bewusstsein.

Eisiges Wasser versengte sein Gesicht. Er ertrank. Krampfhaft tastete er nach seiner Maske. Das Glas war intakt. Seine Hand zog die Maske zurück, bis sie richtig auf seinem Gesicht saß, und Druckluft presste das Meerwasser heraus. Er konnte fühlen, wie das Telefonkabel an seiner Maske zog.

Alles war blendend weiß und ihm wurde klar, dass er mit dem Bauch nach unten unter dem Eis lag. „Barney?“

Das Telefonkabel begann ihn mit dem Kopf voran nach unten zu ziehen, und er glitt Hand über Hand auf das langsam sinkende Mini-U-Boot zu. „Barney?“

Weiter unten sah er Barneys schwarzen Gummianzug ausgebreitet und sinkend liegen, und er schwamm unbeholfen an dem Mini-U-Boot vorbei. Er packte Barneys schwarzen Gummiarm und zog ihn zum Mini-U-Boot. Der schwarze Gummianzug schien keine Knochen zu haben. Alles hing herab und schwankte, als er versuchte, Barney in das Cockpit am Heck zu zwängen. Als er Barneys Drähte umwickelte, um ihn festzubinden, standen sie sich gegenüber. In Barneys Maske war kein Glas. Das Glas war dort geplatzt, wo das Gesicht gewesen war.

Mörders Augen verengten sich in hilfloser Wut über Barneys Tod.

Er schleppte sich in Barneys vorderes Cockpit, ließ Luft in den vorderen Schwimmtank des Mini-U-Boots strömen und hob so die torpedoartige Nase an. Da sah er sie dort oben, kleine und froschartige Silhouetten vor dem blendend weißen Eis, zwei Taucher.

Die beiden Silhouetten schauten auf ihn herab und er wusste, dass sie von der Explosion ihrer gallertartigen Streikpostenboje angezogen worden waren. Er blickte sich nach den trüben grauen Umrissen ihres U-Boots um, aber es gab kein Anzeichen von ihrem „Zuhause“, und sein Blick konzentrierte sich mit großen Augen intensiv auf ihre schwarzen, paddelnden Umrisse, als sein Mini-U-Boot aus der Tiefe auftauchte.

Er sah, wie sie hastig Handzeichen austauschten. Sie begannen Seite an Seite davonzuschwimmen, wobei ihre Flossen jetzt schnell flatterten. Sie schwammen auf einem bestimmten Kurs, und immer noch war von ihrem U-Boot keine Spur zu sehen, als sein Mini-U-Boot unaufhaltsam auf sie zukam.

Als er nun ihre Höhe erreicht hatte, bemerkte er, dass sie bereits ermüdeten. Ein Taucher blickte zurück und schwamm dann hektisch, um den anderen einzuholen. Wie ein langsames Kampfflugzeug kam das Mini-U-Boot von hinten auf sie zu und ein Taucher stieß den anderen an. Sie tauschten erneut Handzeichen aus und verloren Yards an das Mini-U-Boot, und einer begann kräftig zu schwimmen, während der andere sich umdrehte, das Mini-U-Boot ansah und seine Hand zu einem scheinbar höflichen militärischen Gruß hob. Das Mini-U-Boot kam immer direkt auf ihn zu.

Dann breitete der Taucher seine Arme in einer Geste des Friedens aus. Die torpedoförmige Nase des Mini-U-Bootes rammte seinen Bauch. Der Mörder zog seine lange Klinge aus der Scheide und schlug zu.

Während der Taucher zappelte, zog der Mörder die Klinge heraus und schlug erneut zu. Bei jedem Ausatmen strömten Luftblasen aus der Brust des Tauchers, während er zurücktauchte. Sein Gesichtsausdruck schien leicht überrascht zu sein, als der Mörder ein drittes Mal zuschlug und die Klinge zwischen Hals und Schlüsselbein des Mannes trieb und ihn tiefer ins Wasser drückte. Der nächste Schlag zerschmetterte die Maske. Verspätet zuckte die Hand des Mannes zusammen und schien seine Blasen zu umklammern, während er unterging.

Der Mörder blickte nach oben. Weit unter dem Eis hatte der andere Taucher angehalten, blickte nach unten und beobachtete, und der Mörder hielt seine Klinge als Signal hoch und richtete das Mini-U-Boot nach oben, ihm folgend. Dieser Taucher machte ein Ausweichmanöver zwischen den nach unten gerichteten Ausbuchtungen des alten sibirischen Eises und verschwand plötzlich.

Obwohl im Wasser kein Himmelslicht zu sehen war, nahm der Mörder an, dass der Taucher eine offene Spur im Eis gefunden hatte und lieber erfrieren oder sich zumindest vom Rand des Eises aus wehren würde, als im Wasser zu sterben.

Der Mörder ließ mehr Luft in die Schwimmtanks des Mini-U-Boots strömen und steuerte es schnell nach oben in die seltsam runde, seltsam dunkle Führung im Packeis. Am Rande seines maskenhaften Blickfelds erhaschte er einen flüchtigen Blick auf eine längliche, röhrenförmige Gestalt, die im Wasser schwebte, aber das Mini-U-Boot stieg zu schnell, als dass er es genau sehen konnte. Das überschwimmende Mini-U-Boot blühte über der Oberfläche auf und schwappte zurück, wobei es unsicher rollte, während der Wasserfilm von seiner Maske glitt, ohne zu gefrieren, und er sah es.

Der weiße Fleck wurde zum größten Hubschrauber mit zwei Rotoren , den er je gesehen hatte. Er hockte auf dem Eis, weiß bis auf das Glas. Dann wurden seine Augen von einer Bewegung angezogen, von den in Parkas gekleideten Männern, die den überlebenden Taucher auf das Eis zogen. Andere dunkle Gestalten standen einfach nur da, einige von ihnen begannen mit dem Finger auf etwas zu zeigen.

Hinter ihnen war ein kleinerer Hubschrauber, auf dessen Plastikkuppel die schleifenförmige Antenne eines Funkortungsgeräts montiert war. Irgendetwas stimmte mit dem Himmel nicht, und der Mörder erkannte, dass es nicht der Himmel war. Es war eine riesige weiße Segeltuchkuppel, die sich im Polarwind verzog. Der unnatürliche Kreis im Eis und die darum gruppierte Ausrüstung waren alle vor Beobachtungen aus der Luft verborgen.

Vom Rumpf des riesigen Hubschraubers aus und so nah, dass seine Augen ihm aus dem Weg gegangen waren, zeigte ein Metallausleger mit einem Hebeseil, das im Wasser gespannt war und etwas unter der Oberfläche festhielt, auf ihn. Einige der Männer rannten jetzt auf den riesigen Hubschrauber zu. Vor ihnen am Rande des Eises lagen formlose Bündel aus scheinbar schwarzem, gummiertem Segeltuch, und er fragte sich flüchtig, ob diese noch weitere der bald gallertartigen Streikpostenbojen enthielten. Eine der Figuren zielte mit etwas auf ihn. Als der Mörder Luft aus den Schwimmtanks ließ und schnell sank, wurde ihm klar, dass es sich nicht um eine Waffe gehandelt hatte; es war eine Kamera mit Teleobjektiv gewesen.

Er reichte die röhrenförmige Form am Ende des Kabels. Es war ein U-Boot-Torpedo. Als er tiefer sank, kam er an einem Zylinder vorbei, der an zwei schwarzen, mit Gummi isolierten Kabeln baumelte.

Er pumpte Druckluft zurück in die Schwimmtanks und kam unter das Eis, so gefährlich nah, dass er den Kopf einziehen musste, während er einen schlängelnden Kurs zwischen den nach unten gerichteten Wölbungen des alten sibirischen Eises steuerte. Obwohl er taub war, spürte er, wie das Sonar auf dem Eis pulsierte und nach ihm suchte. Dann spürte er, wie es gegen das Mini-U-Boot schlug, gegen seine Lufttanks schlug und vorwurfsvoll gegen seine Knochen schlug. Es folgte ihm, wohin er auch steuerte.

Er lächelte trübe. Dies wäre das Nonplusultra, wenn sie den kostspieligen, komplizierten Zieltorpedo abfeuern würden – auf einen Mann, der in einem billigen Mini-U-Boot fährt, das ein kräftiger, fröhlich singender Unteroffizier in seiner Freizeit gebaut hat. Er hoffte, dass sie den Torpedo auf ihn verschwenden *würden* . Wenn er von einem Gerät, einer höllischen Maschine, zerstört werden musste, war es zumindest besser, als Einzelperson getötet zu werden, als in einer so großen Gruppe, dass er im Tod namenlos bleiben würde.

Plötzlich verließ ihn das Sonar. Sie mussten entschieden haben, dass er sie nicht zu seinem U-Boot zurückführen würde. Jetzt suchten sie eilig danach.

Er kreuzte immer weiter mit seiner toten Fracht.

Dann spürte er das Echo des Sonars vom Rumpf des U-Boots. Er musste nah dran sein. Der Hubschrauber, dessen Sonarsystem wie ein Angelhaken ins Wasser gelassen worden war, hatte das U-Boot mit den ballistischen Raketen der Flotte erfasst.

Er spürte, wie das Sonar des U-Boots fieberhaft suchte. Sie suchten bestimmt nach einem anderen U-Boot. Er konnte sich das Entsetzen in den Gesichtern der Sonarmänner vorstellen, als ihnen klar wurde, dass sie an der scheinbaren Quelle des unbekannten Sonars, das sie aufgespürt hatte, nichts orten konnten.

Das Sonar des U-Bootes hat etwas erfasst – ihn.

Er steuerte direkt hinein und fand das U-Boot. Bug in die Strömung hinein, das graue Unterwasserboot hielt immer noch seine Position.

Der Mörder vermutete, dass der Kommandant entschieden hatte, dass der beste Schritt kein Schritt sei.

Er ließ die Luft ab, ließ das Mini-U-Boot herunter, öffnete die Außenluke und zog das Mini-U-Boot in die mit Wasser gefüllte Kammer. Eine große Müdigkeit überkam ihn, und er konnte nur noch die Luke verschließen. Er klopfte an die Trennwand, während das andauernde Sonar-Pingen immer weiter ertönte. Jemand klopfte ganz sanft, obwohl er genauso gut mit einem Schraubenschlüssel hämmern könnte; es würde jetzt keinen Unterschied machen. Der Mörder erkannte, dass sie darauf warteten, dass er sich an die Telefonsteckdose anschloss und seine maximale Tiefe und die dort verbrachte Zeit sowie andere Dekompressionsdaten angab, die er nicht gespeichert hatte. Sie wollten ihn dekomprimieren, als wäre dies nur eine weitere sichere Trainingsübung.

Im Licht der Kammer war Barneys Gummianzug wie eine schwarze Stoffpuppe über die Seite des Mini-U-Boots gerutscht. Der Mörder wandte den Blick ab und schaltete ein.

„Eins – zwei – drei –", sagte er automatisch.

„Barney?"

„Barney ist tot."

„Das ist der Kommandant. Da draußen ist ein U-Boot. Aus irgendeinem Grund können wir es mit unserem Sonar nicht lokalisieren. Haben Sie es gesehen?"

„Commander, es ist ein Hubschrauber. Sie haben einen U-Boot-Torpedo im Wasser."

„Es fällt mir schwer, dich zu lesen –"

„Hubschrauber. U-Boot-Torpedo!"

„Haben sie aggressive Maßnahmen gegen Sie ergriffen?"

„Hängt davon ab, wie man es betrachtet. Ihre Streikpostenbojen sind hier unten. Barney hat versucht, eine zu bergen. Sie war mit einer Sprengfalle versehen, um sich selbst zu zerstören."

„Barney?" Die Stimme des Kommandanten blieb bestehen.

„Ich habe dir gesagt, dass er tot ist! Ich habe einen ihrer Taucher erwischt."

„Einer ihrer Taucher? Er hat dich angegriffen?"

„Ich habe ihn getötet. Er wollte fliehen."

Es entstand eine lange Pause. Nur das anhaltende Klopfen des Sonars des riesigen Hubschraubers erreichte das Ohr des Mörders.

Als der Kommandant erneut sprach, war es, als wäre ein Mord begangen worden. "Wissen Sie?"

„Der andere schaute zurück. Sicher wissen sie es. Sie wissen es."

"Dann könnten sie uns als diejenigen betrachten, die aggressiv vorgegangen sind", sagte der Kommandant langsam. "Wir müssen warten. Wenn wir abziehen, könnten sich ihre Kommandeure vor Ort zu lokalen Vergeltungsmaßnahmen verpflichtet fühlen. Wir müssen warten, während sie per Funk Anweisungen geben. Wir müssen hoffen, dass ihre Seite beschließt, die Sache vor ein internationales Gericht zu bringen."

"Gericht? Was für ein Gericht? Ein Mordgericht ? "

„Hoffen wir, dass es nur ein Mord ist", klang die Stimme des Kommandanten aus weiter Ferne, „und nicht hundert Millionen. Wir müssen das aussitzen."

Als die Dekompression begann, sank der Mörder neben Barneys Körper in die mit Wasser gefüllte Kammer. Über den beiden kleinen Kindern des Kommandanten, die auf ihren Schaukeln schaukelten, sah er das überraschte Gesicht des Tauchers – und sogar den kleinen Fisch, der sich aus seinem Schwarm gelöst hatte, und sein wundersames Auge – zwei Milliarden Jahre Evolution, die auf ein Urteil über Leben und Tod warteten.